한국 희곡 명작선 140

시그널 블루

한국 희곡 명작선 140

시그널 블루

이종락

평민사

히
종
곡

시 그 널 블루

등장인물

단 : 20대 후반. DB엔터테인먼트 기획 실장. 세라가 데뷔할 때
    부터 세라의 매니저였으며 세라를 사랑하고 있다.

세라 : 20대 중반. DB엔터테인먼트 소속 가수. 한때 정상의 인
    기를 누렸으나 '세라 동영상' 사건 이후 인기가 급락했다.
    단을 사랑하지만 자신으로 인해 단이 피해를 입자 단에게
    는 일부러 쌀쌀맞게 행동한다.

김회장 : 40대 후반. DB엔터테인먼트 투자자. DB엔터테인먼트
    의 실질적인 경영자로, 돈을 맹신하며 이를 얻기 위해서 간
    교한 술책을 서슴지 않는다. 변태적인 성향을 지니고 있다.

박사장 : 40대 중반. DB엔터테인먼트 사장. 월급 사장이며 부동
    산, 주식, 코인 등에 많은 돈을 쏟아 붓지만 매번 돈만 날린
    다. 현재 회사는 자금 압박이 심한 상태이고, 이 때문에 김
    회장에게 위협을 받고 있다.

지아 : 20대 초반. DB엔터테인먼트 소속 가수. 최근 '뜨고' 있는
    걸그룹 멤버. '베이글녀'의 이미지로 청순하면서도 섹시한
    매력으로 대중들의 사랑을 받고 있다. 회사에서도 솔로 음
    반을 제작하는 등 집중적으로 '키우고' 있는 가수.

인질범1 : 20대 초반. 무뚝뚝하고, 가수가 꿈이다.

인질범2 : 20대 초반. 투덜대고, 가수가 꿈이다.

인질범3 : 20대 초반. 내성적이고, 가수가 꿈이다.

인질범 여 : 20대 초반. 착하고, 가수가 꿈이다. 지아의 열성팬이
    다.

경호원 : 30대 초반. 김 회장을 경호하며, 그의 지시로 은밀한 일
    들을 처리한다.

탐정 : 40대 초반. 첨단 장비들을 이용한 정보력을 바탕으로 고
    객들이 원하는 것을 찾아준다.

그 외

1. 계획

방송국 스튜디오.

음악방송 최종 리허설.
카메라와 앰프 등 장비들이 즐비하다.
바닥에는 방송기기들을 연결한 전선들이 널브러져 있다.

지아, 백댄서들과 공연 준비를 하고 있다.
단, 김 회장, 박 사장, 한쪽에서 지아를 보고 있다.
경호원, 조금 거리를 두고 이들을 주시한다.

소리   리셋, 준비하세요.

지아와 백댄서들 무대 한편으로 이동해 대형을 취한다.

노래 1, 전주 들린다.

노래 1, 리셋(reset)

지아   <u>오 오 오 -</u>
아프지 않아 슬프지 않아
내 잘못도 니 잘못도 아냐

헤어질 만하니까 그럴 때가 된 거니까
오 오 오-
후회도 필요 없어 눈물도 필요 없어
내 사랑도 니 사랑도 쿨하게 리셋-

지아와 백댄서들의 춤 이어진다.
지아와 백댄서들과의 춤이 맞지 않는다.
지아, 마음에 들지 않는 표정이 역력하다.
간주 끝나고, 노래를 하려는데 마이크의 소리가 들리지 않는다.
지아, 마이크가 작동이 되지 않는다고 신호를 보낸다.
음악 소리 줄어든다.

소리　　마이크 체크하고 다시 갈게요.

스태프들, 지아에게 다가가 마이크를 건네받아 체크한다.

지아　　(무대 한쪽에서 가볍게 스트레칭을 하며 단에게) 오빠, 자꾸만 스
텝이 꼬여, 이거 어떻게 좀 해봐.

단, 지아와 백댄서들에게 다가가 이것저것 지시를 한다.

박사장　　지금이야말로 칠 때입니다. 지아 솔로 음반 내고, 콘서트
열고, 예능 고정하면, 차트에도 계속 랭크 될 거고, 드라마,

광고 쪽에서도 입질 오고 있으니까, 서너 배는 족할 겁니다. 투자하신 김에 조금만 밀어붙이면….

김회장 주식은 어때요?

박사장 아시다시피 엔터테인먼트계가 요즘 다 어려운데 저흰 그나마 상한가죠.

김회장 아니, 박 사장 주식.

박사장 네?

김회장 현성아이티, 곤두박질치던데. 박 사장은 뺐어요?

박사장 그걸 어떻게….

김회장 부동산에도 걸어났더만. 전철역에서 5분 거리. 그런데 그 전철역은 언제 생겨요?

박사장 조금만 기다리면 오를 겁니다. 팔아도 그때 팔아야….

김회장 팔든 뭐하든 그건 박 사장 마음이지. 엄연한 민주주의 국가에서 박 사장이 강원도를 가든 하우스를 가든 내가 뭐라 할 수 있나. 그런데 민주주의긴 한데 자본민주주의거든. 박 사장이 내 돈 가지고 뭘 하든 상관 안 해요. 왜냐하면 나한테 올 게 오면 되니까. 헌데 안 오면?

박사장 그동안 손해는 보지 않으신 걸요….

김회장 내 돈 만 원이 나갔는데, 만 원이 들어왔어, 달랑. 그러면 박 사장은 또 내보내고 싶겠어요? 엄한 놈 판돈 하라고 내보낸 것도 아니고. 뭐 좋아요. 솔로 음반이든 콘서트든 다 좋은데, 때 맞춰 들어 올 건 들어와야지?

박사장 말씀드렸다시피, 솔로 앨범에 콘서트 열면 어느 정도….

김회장   뭔가 손에 잡혀야 나도 박 사장을 믿지.

박사장   네….

김회장   그리고, 찾았나요?

박사장   뭘 말씀하시는 건지?

김회장   세라.

단, 박 사장과 김 회장에게 다가간다.

지아, 백댄서들과 안무를 맞춘다.

박사장   아, 그건 이미 루머로 판명 났고, 인터넷에 글 올린 놈들도
        처리됐고, 세라도 아니라고 하고, 그런 게 있다면 벌써 인
        터넷에 떠돌았겠죠. 요즘 어떤 세상인데 그런 걸 찍고 하
        겠습니까. 말 그대로 그냥 루머죠.

김회장   난 찾으라고 했는데. 루머로 만든 건 박 사장도 알다시피
        내 돈이고.

박사장   그게, 아무리 뒤져봐도…, 알겠습니다.

단   (김 회장에게) 저어, 세라도 이젠 음반을 내야 합니다.

김회장   (단을 쳐다본다)

박사장   아시죠? 기획실장입니다.

김회장   알다마다요. 예전부터 세라 매니저 하던. 그때나 지금이나
        똑같아요. 음반을 내야 합니다. 그때도 그랬죠. 난 그게 중
        요한 게 아닌데.

단   세라 저렇게 두면 회사 이미지에도 안 좋고, 그러면 머지

않아 수익에도 영향이 있을 겁니다.

김회장   수익에도 영향이 있다? 조금 낫군.

단   공중파 토크쇼에 나가서 음악에 대한 사랑, 솔직하게 터 놓으면 괜찮을 겁니다.

김회장   음악? 사랑? 그 사랑 때문에 3억이 깨져요. 세라는 아마 더 들 테고. 그렇게 내 돈 3억이 나가면?

단   세라는… 노래를 해야 합니다.

김회장   좋아요. 노래해요. 클럽 행사 뛰고, 화보 찍고, 불러주지도 않는 공중파보다는 케이블 쪽이 낫겠고, 19금 예능으로. 지금 세라 이미지에도 그게 맞지 않나? 안 맞으면 컨셉을 그쪽으로 잡으면 될 테고. 그런데, 그렇게 해도 나한테 돌아오는 게, 있나요?

단   가수가 노래하는 건 돈도 인기 때문도 아닙니다. 세라 바 둥거리며 살 때 챙길 만큼 챙기지 않았습니까?

박사장   죄송합니다. 이 친구가 가수를 먼저 생각하다보니까….

김회장   세라는 나한테도 특별합니다. 매니저 했으니까 잘 알잖아 요? 내 돈으로 데뷔시켰고, 내 돈으로 공연했고, 내 돈으로 탑에 올렸어요. 그리고 내 돈으로 루머도 없앴죠. 나도 할 만큼 한 것 같은데?

박사장   회장님 말씀이 백번 맞습니다만 회사 수익을 올리려면 지아 하나 가지곤 한계가 있습니다. 그래도 아직까진 회사에서 세라만한 애도 없고요.

김회장   동영상은 어쩌고요?

단	루머일 뿐입니다. 없는 걸 자꾸만 있다고 하면 어쩝니까.
김회장	인터넷에도 그런 말이 먹힐까? 거짓도 진실로 바꾸는 게 그 세상이야. 그거 때문에 내 돈이 나간 이상, 진실은 있어야 되는 거지.
단	찾아내면 되는 겁니까! 그러면 음반, 낼 수 있습니까?
박사장	없는 동영상을 어디서 찾아?
김회장	(단을 보는 눈빛이 '역시 동영상이 있군'이라고 확신한다) 말했죠. 뭐가 손에 잡혀야 믿지. (가려는 듯 걸음걸이를 옮긴다)
박사장	(김 회장을 따라 움직이며) 좀 더 보고 가시지, 벌써….
김회장	지아라고 했죠? 언제 한 번 평창동 데리고 와요. 맛난 거 먹게. 그때 투자 얘기도 다시 하구요.
박사장	네….

김 회장 퇴장, 경호원 뒤를 따른다.

박사장	저 변태새끼, 내가 지 돈 썼어. 단아 알지? 나 회사 돈 손 댄 적 없다.
단	알죠. 그런데 전철역 이름은 뭐에요?
박사장	선단동이니까 선단역이겠지.
단	선단동이면 포천 가는, 거기요?
박사장	그래, 두고 봐라. 종전만 되면 대박 터진다. 그러면 저 변태새끼, 내가 가만 안 둔다.
단	종전되기 전에, 사장님 괜찮겠어요? (김 회장을 가리키며) 이

번엔 가만있지 않을 것 같은데.

박사장   그렇지? 어떡하지? (김 회장을 뒤따라가며) 회장님, 제가 좋은
데 알아뒀습니다. (단에게) 뭐해, 빨리 와.

단   (내키지 않지만 지아와 댄서들에게 손인사를 하며 박 사장을 따른다)

스테프   (헤드셋 마이크에 대고) 다 됐습니다. (지아에게 마이크를 건네고
퇴장)

소리   지아 씨 시작합니다.

지아, 댄서들 무대에 서고
노래 전주가 흐른다.

지아   <u>오 오 오 -</u>
아프지 않아 슬프지 않아
내 잘못도 니 잘못도 아냐
헤어질 만하니까 그럴 때가 된 거니까
<u>오 오 오 -</u>
후회도 필요 없어 눈물도 필요 없어
내 사랑도 니 사랑도 쿨하게 리셋 -

이런 이게 뭐야 대체 왜 이래
아프지 않아야지 슬프지 않아야지
후회도 다시 오고 눈물도 흘러 내려
왜 몰랐을까

13

아프니까 사랑이고 슬프니까 사랑인데
아픔을 앓는 것 슬픔을 앓는 것
온몸으로 앓고 나면 말할 거야
사랑해

소리   됐습니다. 다음 준비하세요.

조명 약간 어두워진다.

지아, 댄서들 퇴장하고, 스태프 여러 명 나와 무대 정리한다.

스태프들의 일상적인 대화와 분주하게 움직이는 소리가 자연스럽
게 들리면서 '띵 띵' 하며 피아노 건반이 불규칙하게 눌리는 소리
가 들린다.

무대는 세라의 원룸으로 바뀐다.

2. 선택

세라의 원룸.

한쪽에 키보드가 놓여 있고, 그 위에 여러 장의 종이들이 흩어져
있다.

세라, 한쪽에 놓여있는 소파에서 잠을 자고 있다.

1에서 들렸던 불규칙한 피아노 소리가 이어진다. 옆집에서 치는

듯하다. 동요 〈달〉의 음계인데, 피아노를 처음 치는지 무척 느리고, 서툴고, 단조롭다.

세라, 피아노 소리에 뒤척인다.

소리 (피아노 음계 소리) 미… 라… 도도… 라… 시(플랫)… 라… 솔… 파… 솔솔… (음을 찾지 못했는지 한참 들리지 않는다. 처음부터 다시 치기 시작한다) 미… 라… 도도… 라… 시(플랫)… 라… 솔… 파… 솔솔 … (또 음을 찾지 못한 듯하다. 처음부터 다시 치기 시작한다) 미… 라… 도도… 라… 시(플랫)… 라… 솔… 파… 솔솔 ….

세라 (자리에서 일어나며) 도! 도! 가장 낮은 도! (조용하다. 다시 자리에 눕는다)

소리 (피아노 음계 소리, 처음에 들리던 소리보다 조심스럽다) 미… 라… 도도… 라… 시(플랫)… 라… 솔… 파… 솔솔 ….

세라 (자리에서 일어나며) 도.

소리 (피아노 음계 소리) 레.

세라 이런… (키보드로 가서 '도' 음을 치며) 도, 도, 도. (음을 치며) 달 달 무슨 달 쟁반같이 둥근 달. 둥근 달. ('도' 음을 치며) 달, 달, 달, (알겠냐는 듯) 응?

소리 (피아노 음계 소리) 미… 라… 도도… 라… 시(플랫)… 라… 솔… 파… 솔솔 ….

세라 도, 도….

소리 (피아노 음계 소리) 레.

세라	(고개를 떨군다) 안 되는 걸까? (고개를 들며) 아냐, 다시 해 보자. (키보드 음을 치며) 달 달 무슨 달 쟁반같이 둥근 달, 둥근 달. 알았지?
소리	(피아노 음계 소리) 미… 라… 도도… 라… 시(플랫)… 라… 솔… 파… 솔솔….
세라	(두 손 모아 기도하듯) 도, 도….

단, 등장한다.

단	(휴대폰을 가리키며) 전화 어떻게 된 거야?
세라	쉿!
단	(동작을 멈춘다)
소리	(피아노 음계 소리) 도.
세라	됐어. (박수를 치며 기뻐한다)
단	(세라를 의아해 하며 쳐다본다)
세라	(단을 의식하고는 헛기침을 한다) 여자 혼자 사는데 이렇게 막 드나들 거야?
단	전화는 왜 결번이래?
세라	그 번호, 버렸어.
단	왜?
세라	오빠, 귀찮아서.
단	귀찮아도 어쩌냐, 난 평생 네 매니저 할 건데.
세라	다시 얘기하지만 난 오빠랑 결혼 안 해.

단	내가 목사님 한 분을 알아.
세라	또 시작이다.
단	같이 축구를 하거든.
세라	몰라, 안 들려.
단	무엇보다 서로 사랑할지니 사랑은 허다한 죄를 덮느니라. 우리한테 해 준 말 아직 생생하다.
세라	그 목사님 축구하면서 욕도 하더라?
단	경기가 안 풀리다보면, 승부욕이 강하신 분이거든.
세라	월드컵이니? 조기축구에서 승부욕은.
단	조기축구 아니라니까, 엄연한 클럽축구야. 토요사커리그.
세라	그 클럽축구는 자기 발에 자기가 걸려 넘어지니? 그 목사님, 축구에서 지고 괜히 할 말 없으니까 사랑 어쩌구 한 거 가지고 5년이 지나도록 우려먹는 오빠도 대단한데, 난 오빠랑 결혼 안 해.
단	너 그때, 내가 골 넣었다고 키스해 줬다. 그때부터 우리 사귀었고.
세라	어릴 때 얘기다.
단	축구 더 잘하라고 축구화, 언더셔츠, 정강이 보호대, 스프레이파스까지 사줬다. 그것도 선수용으로.
세라	실력이 허접한데 장비라도 간지 나야지.
단	간혹 다치기라도 하면 너 울고불고 난리도 아니었다.
세라	그런 기억 없다.
단	너하고 축구 중에 선택하라고까지 했어.

세라	맞아, 이 나쁜놈아. 너 그때 축구 선택했지.
단	다 기억하네. 축구는 선택하는 거지만 세영이 넌 선택하는 게 아니잖아. 사랑하는 거지, 무엇보다 열심히.
세라	다 철 없을 때 얘기다. 그리고 예명 불러.
단	지금도 그다지 철이 들지는….
세라	(눈을 흘긴다)
단	준비해. 가야지. (키보드 위에 놓여 있는 종이를 보며) 이거 작업한 거야? 파란 눈을 가진 거위? 캬, 죽인다.
세라	쇼케이스는 꼭 해야 돼?
단	다시 시작해야지.
세라	그래야 하는데, 회사 어려운 거 다 아는데, 나만 이렇게….
단	멋지게 컴백시켜 보란다. 돈만 밝히는 놈인 줄 알았는데 그래도 세영이 넌, 데뷔 때부터 봐서 그런지 너가 노래를 해야 마음이 놓인대. (종이를 보이며) 이거 어떻게 불러?
세라	(씁쓸하게 웃으며) 동영상은?
단	처음엔 그랬는데, 사장님이 그동안 알아본 거 이래저래 얘기하니까 생각이 달라졌나봐. 원래 좀 변태잖아. 아무튼 다 잊고 이제 노래하자. 그러면 되는 거야. (종이에 적혀 있는 가사를 보며 멋대로 노래를 부르는데 음치다) 떠나려고만 했죠, 내가 가진 날개로….
세라	이렇게 노래해도 되는 걸까?
단	(노래를 멈춘다) 세영아.
세라	해도 괜찮을까?

단 파울을 당한 건 너야. 상대팀 태클이 거칠었고, 때문에 넌 시즌 아웃 됐어. 시즌 내내 부상 치료했고, 새 시즌이 시작 돼. 경기장으로 복귀하는 건 당연하지. 그리고 무엇보다 (자신을 가리키며) 너의 화려한 플레이를 목 빼서 기다리는 팬이 있잖아.

세라 그놈의 조기축구.

단 클럽축구.

세라 뭐, 그렇다고 해.

단 빨리 준비해. (종이를 흔들며) 이거 다음 앨범에 넣자?

세라 (퇴장하며) 더 손 봐야 돼. 그리고 앞으로 로드 보내. 실장이 이렇게 직접 올 시간 있어?

단 말했잖아. 난 평생 너 매니저 할 거다. (종이를 보며 계속 노래를 부른다) 떠나려고만 했죠. 내가 가진 날개로….

단의 노래는 계속된다.

조명, 점점 어두워지면서 무대 한쪽은 거리가 된다.
거리에 지아 등장한다.

지아 (휴대폰 통화 버튼을 누르고) 언니, 앞에 왔어요? 네.

지아, 휴대폰 통화 중지 버튼을 누르려는데 인질범1, 2, 3, 지아에게 재갈을 물리고, 자루로 상반신을 덮고 둘러메고 뛰쳐나간다. 지아의 구두가 벗겨지고, 휴대폰 등 소지품이 바닥에 떨어진다. 인질범3이 휴대폰 등 소지품 등을 주워 급하게 퇴장하지만 구두는 미처 챙기지 못한다.

경호원, 슬그머니 등장해 인질범들의 행동을 확인했다는 듯이 쳐다보고는 바닥에 떨어진 지아의 구두를 주워 퇴장한다.

지아가 납치되는 동안, 단의 노래는 계속 이어진다.

스태프들 1장에서와 마찬가지로 일상적인 대화를 하면 무대를 정리한다.

스태프 한 명이 노래를 부르던 단을 물끄러미 쳐다본다.

단은 스태프의 시선을 의식하고는 멋쩍은 듯 무대 정리를 도우면서 퇴장한다.

3. 단절

연습실.

지아의 비명소리. 재갈이 물려있어 그 소리는 그리 크지 않다.

인질범2, 지아를 둘러메고 등장하는데 발버둥치는 지아 때문에 힘겨워한다.

지아는 상반신이 자루에 싸여있다.

인질범1, 3, 뒤따라 등장.

인질범3, 'DMZ'라고 써져 있는 입간판을 들고 등장해, 한쪽에 세운다.

인질범1은 책상을 밀고 등장한다. 책상 위에는 모뎀, 공유기, 컴퓨터, 전화기, 프린터기, 인터넷 전화기, 스피커 등이 어지럽게 놓여 있고 이것들을 연결하는 전선과 케이블이 너저분하게 이어져 있다. 2장에서 사용된 소파, 키보드 등은 그대로 있어도 무방하다.

인질범1은 컴퓨터 전원을 켜고, 인질범3은 주위를 살피며 경계한다.

인질범2   (조심스럽게 지아를 내려놓으며) 으, 내 허리. 사십팔 키로? 어디서 개뻥을, 못해도 육십 키로네.

지아   (비명 소리 멈춘다)

인질범2   저봐, 지도 찔리니까.

인질범3   아무리 그래도 육십 키로는?

인질범2   너가 들어봐. 하여튼 인터넷, 믿으면 안 돼. 몸무겐 왜 속여?

지아   (말을 하는데 재갈 때문에 발음이 정확하지 않다) 어이아이야.

인질범3   (인질범1에게) 이제 풀어줄까?

인질범2   안 돼, 오면서 생지랄 하는 거 못 봤어?

지아   어이아이야.

인질범3   뭐라고 하잖아.

인질범1   힘 좀 빠지면 풀어줘. (컴퓨터를 조작하며) 이거 또 안 되네. 앤 어디 간 거야? (얽혀있는 케이블을 하나하나 뺐다 꼈다를 반복

한다)

지아   어이아이야야.

인질범3 전화해 볼까?

인질범2 난 좀 씻을게. (상의를 벗는다)

지아   웃. (고개가 인질범2에게서 다른 방향으로 돌려진다)

인질범2 (지아를 의식하고, 돌려진 지아의 고개 쪽으로 향한다)

지아   (인질범2를 보지 않으려는 듯 반대 방향으로 몸을 돌린다)

인질범2 (지아 앞으로 가서) 보여?

지아   (고개를 가로저으며) 아이.

인질범2 너한테 묻는 건 어떻게 알아?

지아   (고개를 돌려 단청을 한다)

인질범2 (지아의 시선을 따라 움직이며) 보이지?

지아   (고개를 숙이며) 어.

인질범2 (인질범3에게) 보인다잖아.

인질범3 더울 것 같기도 하고 오는 동안 갑갑하잖아. 통풍도 잘 되
        고, 강변북로 한강도 좀 보라고.

인질범2 어디 놀러 가니? (지아에게) 오는 길 다 봤어?

지아   어.

인질범2 여기가 대학로인지도?

지아   어.

인질범2 (인질범3에게) 야.

인질범3 (인질범1쪽으로 몸을 숨긴다)

인질범2 (인질범1에게) 괜찮을까?

인질범1　(케이블 잭과 컴퓨터 모니터를 확인하며) 뭐 상관있겠어. 여기서 안 나갈 건데. 핸드폰은 다들 꺼놨지? (마우스를 클릭하며) 이 건 왜 안 되는 거야.

지아　　어이아이야.

인질범 여, 앞치마를 두른 채 한 손에 부엌칼을 들고 등장한다.

인질범 여　왔어?

인질범1　이것 좀 해봐.

인질범2　어디 갔다 와?

인질범3　칼까지 들고?

인질범 여　(인질범들의 말을 무시하며 지아에게로 달려간다)

지아　　(부엌칼을 보고 겁먹은 듯) 어어어어어.

인질범 여　(지아를 끌어안는다) 언니, 팬이에요.

인질범1　인터넷 안 돼. 이것 좀 해봐.

인질범 여　그거 아까부터 안 돼.

인질범2　어디 갔다 온 거야?

인질범3　칼은 왜?

인질범 여　언니 오시는데 맛있는 거 해 드려야지. 근데 칼이 안 들 잖아. 어떻게 이 근처엔 칼 가는 데도 없어.

인질범2　평소에 그렇게 해 봐라. 맨날 라면에 햇반.

인질범 여　주는 대로 드셔.

인질범3　오늘은 메뉴가 뭐야?

인질범 여 상관 마. 우리 지아 언니만 줄 거야.

인질범1 사람 부를 수도 없고, 멀쩡하던 게 갑자기 왜 이래?

인질범 여 껐다 켜 봐.

지아 (버둥거리며) 어이아이야.

인질범 여 네?

지아 어이아이야.

인질범 여 (지아의 상반신에 있는 자루를 벗겨내며) 이번에 나온 리셋 너무 좋아요. 난 언니 데뷔 때, 바로 찍었잖아요. 나도 가수가 될 거 거든요. 언닌 내 롤모델이에요. 언니처럼 노래도 잘하고, 춤도 잘 추고, 얼굴도… (자루를 벗겨내자 화장이 땀에 범벅되어 얼굴이 엉망이다) 엄마야!

인질범1, 2, 3, 지아를 쳐다보곤, 외면한다.

인질범 여 (다시 자루를 덮는다)

지아 어이아이야. (몸부림이 더욱 심해진다)

인질범 여 화장이야 다시 하면 되니까. (자루를 벗겨내고, 재갈을 풀어준다)

지아 (재갈이 풀리자, 두리번거리다 인질범2를 째려본다)

인질범2 (상의를 주섬주섬 입으며) 뭐?

지아 육십 키론 아니야.

인질범2 그럼, 오십구?

지아 (소리친다) 야! 니들 뭐야. 뭔데 이래.

인질범 여 언니, 목 다쳐요.

24

인질범2   봐, 방송도 믿을 게 못 돼. 이미지랑 완전 딴판이잖아. 뭐? 청순함과 섹시미를 겸비해? 누가? 쟤가?

지아   야!

인질범1   (여러 가닥의 케이블 선을 들고) 거 참 시끄럽네. (지아에게) 딱 보면 몰라. 넌 납치됐어. 우린 납치했고.

지아   미쳤구나. 내가 누군지 몰라? 나 지아야, 지아!

인질범3   알아요. 베이글녀 지아.

인질범2   아니라니까.

지아   돈 필요해? 얼마면 되는데, 이 거지새끼들아.

인질범1, 2, 3, 표정이 일그러지며 지아를 노려본다.
지아, 주눅 들지 않는다.

인질범 여   (지아 앞으로 나서며) 언닌 참 욕도 잘 해. (인질범1, 2, 3을 달래며) 전화는 했어? 지금쯤이면 난리 났을 텐데.

인질범2   그러게, 얼마를 부르지?

인질범1, 3, 여, 인질범2를 쳐다본다.

인질범2   왜 그렇게 처다봐? 납치했잖아. 왜 했겠어? 돈이야. 논리적으로다.

인질범1, 3, 잠시 고민한다.

인질범3 그럼, 한 일억 부를까?

인질범2 무슨, 쟤가 일억이나 해?

인질범3 그럼, 오천?

인질범2 아니.

인질범3 그럼 삼천?

인질범2 천만 불러. 천도 쎄.

지아 야! 고작 천만 원 때문에 이 지랄들이야?

인질범 여 언니, 소리 지르지 말라니까요. 목 다쳐요.

지아 너 몇 살이니? 왜 자꾸 언니래.

인질범 여 스물둘이요.

지아 그럼 나보다 한 살 많잖아.

인질범 여 에이, 언니도. 언니 프로필 세 살 속인 거 다 아는데.

인질범2 몸무게도 속였어.

지아 야! (인질범1에게) 천만 원 내가 줄게. 아니, 이천 줄게. 이거 풀어.

인질범 여 왜 그걸 언니가 줘요. 언닌 아무 신경 쓰지 말고 여기서 잘 쉬다 가면 돼요.

지아 야!

인질범1 재갈 물려라.

인질범 여 그래도, 아플 텐데.

인질범1 지도 지치겠지. 그때 풀어주고.

인질범 여 (재갈을 물리려고 한다) 그래요 언니, 목에 안 좋으니까 그냥 조용히 있어요.

지아   (고개를 휘저으며) 알았어. 조용히 할 테니까… 나 화장실 좀.

인질범 여   (인질범1의 눈치를 살핀다)

인질범1   이봐요, 지아 씨. 밖에서는 스타지만 여기서는 인질이니까 인질답게 굴어요. 안 그러면 나도 어쩔 수 없어. (인질범 여에게 데리고 가라고 눈짓을 하며) 같이 있어.

인질범 여   (지아를 데리고 퇴장)

인질범2   쟤 혼자 괜찮을까? 내가 같이 갈까?

인질범1   (인질범2를 한심하다는 듯이 쳐다본다)

인질범3   근데, 회사에서 경찰에 알리면 어떡하지?

인질범1   (잠시 생각하다가 휴대전화 전원을 켜려고 한다)

인질범3   번호 뜨는데.

인질범1   지아 폰 어디 있지?

인질범3   (주머니에서 휴대폰을 꺼내 인질범1에게 건넨다)

인질범1   (통화 버튼을 누르려고 한다)

인질범3   여기서 하면, 위치 추적될 텐데.

인질범1   전화하고 올게. (퇴장한다)

인질범3   (인질범1을 따라가며) 같이 가. (퇴장한다)

인질범2   (혼자 남아 뻘쭘하다)

인터넷 전화벨 소리가 들린다.

인질범2   (책상 위에 올려 있는 일반전화기 수화기를 든다) 여보세요.

벨 소리가 계속 울린다.

인질범2   이게 아닌가? (일반전화기 수화기를 내려놓고, 인터넷 전화 수화기를 든다) 여보세요. 네. 안 합니다. 안 한다니까요! (수화기를 내려놓는다) 이것들은 번호를 어떻게 알아내는 거야? (돌아가려다 인터넷 전화기를 확인한다. 전화기에 연결되어 있어야 할 케이블이 다 빠져 있다. 케이블 하나를 들어올리며) 이거 뭐야.

인질범2, 케이블과 인터넷 전화기를 확인한다.

무대 조금 어두워진다.

4장의 세라의 노래 〈하늘〉 반주가 흐르면
스태프들 4장의 공연장에 온 손님인 양 자연스레 등장해 일상적인 대화를 하며 무대를 정리한다.
배우들도 4장의 각 상황에 위치한다.

4. 일상

쇼케이스 공연장

세라의 노래 반주가 계속 들린다.

세라는 쇼케이스 공연을 준비하고 있다.

단은 세라를 지켜보며 예상보다 사람들이 오지 않아 초조해한다.

단   홍보가 제대로 안 됐나? 사람들이 왜 이렇게 안 오지.

세라   오빠, 나 괜찮아.

단   그래, 어중이떠중이 몰려 어수선한 것보단 오히려 나을
        거야.

세라   (길게 심호흡을 한다)

단   떨려?

세라   조금 무서워.

단   여기 오는 사람들 너를 좋아하고, 너가 부르는 노래를 듣
        고 싶어서 온 거니까, 무서워 할 거 없어.

세라   고마워. (무대에 오르려고 한다)

단   파이팅.

단과 세라가 얘기를 나누는 동안 배우들은 쇼케이스 공연을 보러
온 사람들처럼 혹은 쇼케이스를 준비하는 스태프처럼 자연스럽게
무대로 등장해 놓여진 소품들을 정리한다.

세라의 노래가 시작되기 전까지 인물들은 각 상황 속에 위치한다.
인물들이 위치한 형태는 김 회장을 꼭짓점으로 그 아래 경호원이
있고, 여기에 인물들이 여러 갈래로 얽혀있는 망을 형상화한다.

상황 1.

김 회장, 모든 것을 주시할 수 있는 곳에 있다.

경호원이 가져온 지아의 구두를 얼굴에 부비며 쓰다듬는다.

경호원은 주변을 경계하며 김 회장의 행동을 자신의 휴대폰으로
몰래 촬영을 한다.

상황 2.

박 사장, 지인들과 포커 게임을 하고 있다.

트럼프 카드가 손에 쥐어져 있고, 확인하고 나서는 패가 안 좋은
지 카드를 내던진다.

상황 3.

인질범1, 휴대전화로 통화를 하려고 한다.

인질범3, 주위를 살핀다.

상황 4.

지아, 화장을 하고 있다.

인질범 여, 지아를 도우며 휴대폰으로 지아와 사진을 찍고 있다.

인질범2, 인터넷 전화기를 들었다놨다하며 이상하게 쳐다보고
있다.

상황 5.

세라, 노래한다.

단, 세라 노래에 심취한다.

세라의 노래 시작되고, 각 상황은 노래 사이사이에 일어난다.

노래 2. 하늘

세라　　오늘도 하루를 살아요 그대 없이 무심히 흘러가죠
　　　　참 많이 울었죠 그대 볼 수 없어서
　　　　버려야 하기에 그래야 살기에
　　　　가슴에 맺힌 그대를 흘려보내요

인질범 여　언닌 참 피부도 좋다. (휴대폰으로 사진을 찍으며) 관리는 어
　　　　떻게 해요?
지아　　특별히 하는 거 없어.
인질범 여　지아 언니 쌩얼. 인스타에 올리면 난리 날 거다. (휴대폰을
　　　　조작한다)
인질범2　(인터넷전화기와 케이블을 들고) 거 참, 희한하네.

세라　　세상 무엇도 대신 할 순 없어 그대 눈빛, 그대 그 손길
　　　　고마워요 그대가 이 세상에 같이 있어주어서
　　　　고마워요 그대가 내 마음을 가득 채워주어서

박사장　(카드를 보며) 그래, 지아야. (패가 안 좋은지 카드를 집어 던진다)

인질범1	지아 얼굴 칼질 안 나려면, 경찰 따윈 생각지도 마.
인질범3	(주변을 살핀다)

세라	오늘도 하루를 살아요 그냥 그렇게 살아요
	소중한 우리의 추억 다시 시작될 수 없어
	눈물로 편지를 써 보기엔 너무 많은 시간이
	그런가요 늦은 건가요 돌이킬 수 없는 건가요
	이대로 살아야 하는 건가요
	오늘도 하늘만 바라봐요

경호원	(주위를 경계하며 김 회장의 행동을 몰래 엿본다)
김회장	(지아의 구두를 얼굴에 부비며 실성한 사람인 양 웃어댄다)

김 회장의 웃음소리가 점점 커진다.

무대 전환은 앞에서와 마찬가지로 스태프들이 일상적인 대화를 하며 이루어진다.

5. 접속

엔터테인먼트 사무실
박 사장, 연신 불안해한다.

단, 경찰에 신고하지 않는 박 사장이 불만이다.

탐정, 직원들과 함께 등장한다.

박사장   여기서 괜찮겠어?

탐정   (주위를 둘러보고) 장소야 상관있나.

단   사장님, 경찰에 먼저….

박사장   (탐정에게) 서둘러 줘.

탐정   자, 시작해 볼까.

무대는 차가운 느낌이다.

탐정과 직원들, 크기와 재질이 다른 여러 개의 상자를 정교하게 배열한다. 이 배열은 반도체 칩 표면을 형상화한다.

상자는 의자, 서랍, 테이블 등 자유롭게 사용된다.

한쪽에는 위성수신 안테나를 놓고, 한쪽에는 커다란 투명 보드판을 놓는다.

직원들 상자 위에 여러 개의 모니터를 올려놓고 각자 자리를 잡는다.

박사장   얼마나 걸릴까?

탐정   걱정 마. (장비들의 가리키며) 접속의 시대야. 뭐하는 놈들인지는 몰라도, 어디 있는 줄은 금방 알 수 있어.

단   경찰에 알려야죠.

박사장   경찰은 안 돼.

단	지아한테 무슨 일이라도 생기면 어쩌시려구요.
박사장	경찰이 알면 변태 회장도 알게 돼. 세라 앨범도 그 모양이고, 지아 방송, 광고도 끝장이야. 그러면 그 변태 새끼가 가만 있겠어?
단	그래도….
박사장	그놈들 아마추어야. 돈도 요구하지 않고 끊었어. 지들도 겁이 났던 거지. 지아한테 어쩌지 못할 거야. (탐정을 가리키며) 이 친구 사람 하난 기차게 찾아. 전에 경찰 정보과에서 일했으니깐 곧 찾을 거야.
단	이렇게 찾는다 해도 그놈들 잡아야 되잖아요. 그러면 경찰엔 알려야 되구요.
박사장	단아, 동영상 아직도 시끄럽다. 거기에 납치까지 터져봐라. 회사가 어떻게 되겠냐. 주가 떨어지고, 그동안 걸려있던 광고, 방송 다 끊겨. 그럼 너도 나도 끝장이야. 그거보다 더 무서운 건 변태 회장이고. 어떻게든 여기서 해결해야 돼.
직원	떴습니다.
탐정	(투명 보드판을 확인하며) 오케이.

투명 보드판에는 지아와 같이 찍은 인질범 여의 사진이 걸쳐진다.

박사장	찾은 거야?
탐정	박 사장 말대로 아마추어들이네. 멍청한 것들, 인스타에

지아 사진 올렸어. 날짜가 지아 납치된 이후고. 여기부터 시작하면 돼. 아이피, 폰번, 이동경로, 그리고 접속하고 통화한 것 모두.

박사장   역시. 좋아, 좋아.

단   아니, 개인 신상을 이렇게 쉽게 알 수 있습니까?

탐정   그러니까 정보화 시대죠. 디지털 혁명, 세상을 바꿉니다. 그건 그렇고…. (박 사장을 쳐다본다)

박사장   응, 뭐 필요해?

탐정   (씨익, 웃는다)

박사장   아 참. (주머니에서 봉투를 건넨다)

탐정   (봉투 안을 확인한다) 내가 상관할 바는 아니지만 얘네 아무래도 면식범 같은데.

박사장   면식범?

탐정   (아무런 말이 없다)

박사장   (봉투 하나를 더 건넨다)

탐정   (봉투 안을 확인하곤) 연예인들 다 회사에서 관리하지 않나? 특히 지아같이 걸그룹은 더욱 그렇지 않아?

박사장   그렇지. 개네한테 붙은 애들이 몇 명인데.

탐정   사생활까진 그렇다 쳐도, 어느 정도 지아 동선을 알고 있어야 납치도 할 수 있지 않겠어? 그걸 알고 있는 사람은 지아 주변 사람일 가능성이 커.

박사장   단아, 코디 로드 백댄서들 다 데리고 와.

단   아닐 겁니다. 사장님.

박사장 아니어야지 그럼. 그러니까 데리고 와.

단, 상자 사이를 미로처럼 헤매며 퇴장한다.

탐정 회사 사람들 폰번이나 아이디 뭐 그런 거 있으면 좋은데. 뜨면 바로 비교하면 되니까.

박사장 그거 여기 있어. (서류철을 건네며)

탐정 오케이. (서류철을 들추며) 세라 본명이 김세영이야? 본명이 더 이쁘네. 지아는 본명이 최봉순이야?

박사장 저기, 동영상은 어때?

탐정 그게, 흔적이 있긴 한데 실체가 안 보여. 분명 그 동영상인 건 같은데 파일이 아무리 찾아봐도 찾을 수가 없네.

박사장 세라 동영상인 건 확실해?

탐정 실체를 못 봤으니 그렇다고도 할 수 없고. 그런데 분명 그 사건 전후해서 다른 동영상하고는 확연히 다른 게 있었거든. 그런데 그걸 찾을 수가 없어. 보통 야동이라면 그렇게 모조리 삭제될 리가 없을 텐데, 이상하지 않아?

박사장 어쨌거나 계속 고생 좀 해줘. 그건 있어도 없어야 되는 거야.

탐정 고생은 뭐, 나야 돈 받고 일하는 건데.

단, 퇴장할 때와 마찬가지로 상자 사이를 미로처럼 헤매며 등장한다.

박사장　애들은?

단　지금 다들 행사를 가서. 사장님 걔네들은 아닙니다.

박사장　그럼 나냐? 아님 너냐?

탐정　조금만 있다가 움직여. 리스트 추려서 찔러보면 바로 나올 거니까 그때 움직여도 늦진 않을 거야.

박사장　힘 쓰는 애들 필요하겠지?

탐정　그거야 박 사장이 알아서 해야지. 나야 찾기만 하는 거고.

박사장　(휴대폰 통화버튼을 누르며) 단이 넌, 옆에서 도와주고 있어.

박 사장, 단처럼 상자 사이를 미로처럼 헤매며 퇴장하려는데, 경호원 박 사장의 입을 막고 끌고 간다.

단, 탐정, 직원들, 아무런 눈치도 채지 못한다.

직원　떴습니다.

탐정　(투명 보드판을 확인하며) 오케이.

단　찾아낸 겁니까?

탐정　자, 봅시다.

탐정, 투명 보드판에는 서울시 지도가 그려진 투명 셀로판을 걸친다. 지도에서 옥수동, 대학로, 압구정, 평창동은 글씨로 표기되어 있다.

각 인물의 동선이 그려진 투명 셀로판이 있고, 탐정은 인물 하나하나를 파악하면서 투명 셀로판을 하나씩 덧씌운다. 투명 셀로판

한쪽에는 휴대전화 번호와 아이피 번호가 쓰여 있다.

탐정   (투명 셀로판을 걸치며) 이게 인스타에 사진 올린 애 폰번이
이동한 경로, 그리고 그 애가 자주 통화하는 애들, (투명 셀
로판을 걸치며) 최명식, (투명 셀로판을 걸치며) 김준호, (투명 셀로
판을 걸치며) 문달식, (투명 셀로판을 걸치며) 이영지.

투명 셀로판이 덧씌워지자 대학로에 동선이 집중되어 있다.

탐정   대학로네. (단에게) 이 중에 아는 사람 있어요?
단   (당황하며) 예전에 백댄서 하던 애들인데.
탐정   면식범이라니까. (남은 투명 셀로판을 확인하며) 어? 김세영?
이거 가수 세라 본명 아닌가요? (투명 셀로판을 덧씌운다)
단   (확인하고는) 이름은 맞지만 번호가 아닙니다.
탐정   (박사장이 준 서류철과 비교하며) 그러네. 끝자리가 이건 공팔
이공, 이건 일칠사구. (투명 보드판을 보며) 그러면, 어디가 시
작이냐….

탐정, 남아있던 마지막 투명 셀로판을 발견하고는 보드판에 덧씌
운다.
마지막에 덧씌워진 것은 세라가 전에 사용했던 휴대폰의 이동 경
로다.

탐정   (서류철과 비교하며) 이거, 세라 번호 맞네. 며칠 전에 번호 바꿨어.

단   (놀라지만) 전에 세라 백댄서 한 애들이라, 그래서 그럴 겁니다.

탐정   뭐, 그거야 보면 알겠죠.

직원, 각 휴대폰이 연락을 서로 주고받은 리스트를 투명 보드판에 걸친다.

탐정   지아, 아니 최봉순이 없어진 게 십칠 일 십이 시경. 그날 십팔 시 이십 분에 최명식이 김세영한테 전화를 했고, 일 분 삼십 삼초 통화. 뭔가 흔적이 보이는데. 만일 두 사람이 최봉순이 없어진 거하고 관련이 있다면 납치 전에도 분명 통화를 했을 테고, (보드판을 살피며) 음…, 십육일, 십오일, 십이일, 최명식하고 김세영, 맞네.

단   예전부터 친했으니까 그냥 통화한 것일 수도 있잖아요.

탐정   그런 거라면 최봉순이 납치되기 한참 전에도 통화를 자주 했던 흔적이 있어야죠. 그런데 그렇지 않잖아요. 둘의 통화가 납치 전후로 집중돼 있다는 건 관련이 있다는 거죠. (투병 보드판을 보며) 이제 문제는 어디서 시작했느냐인데 김세영이냐 최명식이냐.

단   세영이는 지금 어디 있나요?

탐정   글쎄요, 그건 박 사장이 부탁한 게 아니라서.

단   (투명 셀로판에 써있는 세영의 번호를 휴대전화로 누르며, 주머니에 있는 현금을 다 꺼내 놓는다) 이게 다예요. 세영이 어디 있어요?

탐정   오케이. (투명 셀로판을 단에게 건네고는 단이 꺼내놓은 돈을 집는다)

투명 셀로판을 걸치자 평창동에 표시가 선명하다.
단, 전화를 하며 상자 사이를 미로처럼 헤매며 퇴장하는데
경호원, 단을 때려 쓰러뜨린다.
탐정, 직원들은 눈치 채지 못한다.

탐정   최근 이동경로가 옥수동, 압구정, 대학로, 평창동, 이 정도 인데, 옥수동은 집이고 압구정은 여기 엔터테인먼트 사무실, 대학로는 아까 걔네들이겠고, 평창동은 왜 갔지? 혹시 김세영 씨 평창동에 뭐 있어요?

탐정 뒤를 돌아보는데 단이 없다.
직원들 무관심하게 자기 일만 한다.

탐정   나 누구랑 얘기한 거냐? 아무튼 평창동도 뭔가 관련이 있는 거 같은데… (직원들에게) 회사 사람들, 평창동하고 연결되는 리스트 뽑아봐.

경호원, 상자들을 걷어차고 밀어제치며 탐정에게 가서 상자 하나

로 탐정을 내리친다.

탐정, 기절한다.

직원들 모두 경호원을 쳐다본다.

경호원, 직원들과 싸울 채비를 한다.

그런데 직원들은 무관심하게 외면한다. 제각기 자기 물건과 상자
들을 챙긴다.

경호원, 싸우려고 했던 채비를 푼다.

경호원   (기절해 있는 탐정에게) 미안해.

경호원, 탐정을 끌고 한쪽에 눕히고는 상자로 가린다.

그 사이 직원들, 자기 물건을 챙기며 무대를 정리한다.

직원 한 명, 무대를 정리하다가 쓰러져 있는 단을 발견하고는 옆
에 떨어져 있는 휴대전화를 줍는다. 휴대전화에서 컬러링이 들린
다. 경호원이 다가오자 휴대전화를 들고 재빨리 퇴장한다.

경호원, 단을 끌고 퇴장한다.

휴대전화 컬러링, 벨 소리로 이어진다.

한쪽에서 세라 등장해 휴대전화 바라본다.

세라   (휴대전화를 바라보며) 하여튼 단 오빠, 번혼 어떻게 안 거야?
         (통화 중지 버튼을 누른다)

휴대전화 벨 소리 다시 울린다.

세라 (휴대전화 통화 버튼을 누르고) 어, 명식아.

다른 한쪽에서 통화를 하는 인질범1.

세라와 인질범1이 통화하는 동안 인질범2, 3, 여, 지아, 스태프들
무대를 연습실로 전환한다.

인질범1 괜찮은 거죠?
세라 이제 다 됐어. 조금만 참아. 너희들도 준비하고.
인질범1 우리야 언제든 준비돼 있죠.
세라 지아는?
인질범1 너무 쌩쌩해서 골치에요. 애가 겁을 안 먹어요.
세라 그럴 거야. 당찬 애니까.
인질범1 그래요, 그러면 연락 주세요.
세라 그래, 들어가.

세라, 통화를 하는데 김 회장 등장해 세라의 어깨를 감싼다.
세라, 김 회장의 두른 팔을 밀쳐낸다.
세라, 통화를 끝내면 퇴장하고, 김 회장 뒤따른다.

6. 시선

연습실.

통화를 끝낸 인질범1, 여전히 인터넷이 되지 않아 여러 가닥의 케이블을 들고 있다.
인질범2, 옆에서 인터넷 전화기를 손에 들고 인질범1과 얘기를 하고 있다.
인질범3은 이어폰으로 음악을 듣고 있다.
지아, 이들을 쳐다보며 무언가를 기억해내려 한다.
인질범 여, 지아 옆에서 휴대폰 카메라로 지아와 셀카를 찍고 있다.

인질범2   진짜라니까.

인질범1   말이 되는 소리를 해야 믿지. 네가 봐라. 인터넷전화기란 게 인터넷이 돼야 되는 거잖아. 근데 이렇게 선이 다 빠져 있는데 어떻게 전화가 돼.

인질범2   우와, 정말 미치겠네. 됐다니까. 됐으니까 됐다고 하지 안 된 걸 됐다고 하겠어?

인질범1   지금 인터넷도 안 되잖아.

인질범2   (인질범3에게) 너도 내 말 안 믿어?

인질범3   (음악소리에 인질범3의 말이 안 들린다. 노래를 부르며 고갯짓으로 춤을 추고 있다) 그건 너의 착각, 예예예-.

인질범2   저게….

지아   (인질범1, 2, 3에게) 너희들, 나 알지?

인질범 여   언니도 참, 언니 모르는 사람이 어디 있어요.

지아   나 너희들 본 적 있어.

인질범1, 2, 지아를 쳐다본다.

인질범3   (계속 음악 들으며 노래를 부르고 있다) 드림- 이- 이-. (음악에 맞춰 고개를 흔들어 대다가 이상한 낌새를 채고 이어폰을 빼고는 인질범 1, 2를 따라 지아를 쳐다본다)

인질범3   (인질범2에게) 왜?

인질범2   우릴 안대?

인질범3   우릴 기억해요?

지아   티비에서 본 적 있어.

인질범1, 2, 3, 여, 당황한다.

지아   오만원권 위조지폐, 니들이지? 씨씨티비에 찍혔어, 니들 얼굴.

인질범1, 2, 3, 황당하다.

인질범 여는 인질범1, 2, 3을 의심스럽게 쳐다본다.

인질범 여   그랬어?

인질범3	무슨 소리야!
인질범2	쟨, 벌써 노안인가 보다.
지아	맞지?
인질범3	우린 그런 짓 안 해요.
지아	납치까지 하는 주제에.
인질범1	걔네들 잡혔어. 그건 티비에서 못 봤니?
지아	개뻥 치네. 근데 너희들은 여기 왜 있어?
인질범2	저, 비논리적인 사고력.
지아	위조지폐로 자금 마련해서, 나 납치하고, 그래서 더 큰 돈 뜯어내려는 거잖아.
인질범2	상상력 한번 열악하다. 주입식 교육의 폐해야.
지아	너희들 혹시, 나 벗겨 놓고 동영상 찍고 그럴 거야?
인질범2	남는 건 자극적인 감각뿐이지.
인질범 여	언니, 아니에요. 우린 그런 사람 아니에요.
지아	(두 손으로 가슴을 가리며) 아까부터 너, (인질범 여의 휴대폰을 보며) 도촬이지? 움짤로 인터넷에 올릴 거지?
인질범 여	아니에요, 언니. 이거 제 인스타에, 언니랑 사진 찍는 게 얼마나 영광인데, 사진 잘 안 나온 건 다 지웠어요. 봐요.
지아	됐어. 저리 가.
인질범2	이래서 불신사회가 되는 거라고. 소통이 안 되잖아.
인질범3	우린 그런 사람들 아니에요. 나중에 다 알게 될 거에요.
지아	웃기고 있네. 너희들 사이코패스지?
인질범2	저걸 그냥. (위협적으로 지아에게 다가간다)

지아   넌 빠져. 꼬붕 주제에

인질범2   *꼬꼬꼬꼬꼬붕?*

인질범1   (컴퓨터 모니터를 보며) 인터넷 됐다. (마우스를 움직여 인터넷 검색을 한다)

인질범3   (인질범1과 함께 컴퓨터 모니터를 본다)

인질범2   어때? 달라졌어?

인질범3   아니 똑같아. 콘서트 때문에 극비리에 연습한다고.

인질범2   댓글은?

인질범3   툭하면 과로라고 방송 펑크, 조용하다 싶으면 노출, 이제 잠수 타고선 맹연습이란다. 걘 원래가 재수 없어. 스폰이 불렀나보지. 아마 동영상도 있을 걸. 인조인간이 동영상 찍으면 애니겠지. 이왕이면 쓰리디로, 난 애니매니아 크크크. 친구가 봤다는데 별로래. 월수입 오백 보장, 재택근무자 환영.

인질범2   이거, 잘 되고 있는 거냐, 어쩐 거냐?

인질범1   기다리라고 했으니까, 연락 주겠지.

지아   그치? 뒤에 누가 있지? 너희들이 날 납치할 수준은 아니지. 누구야? 나랑 얘기하자고 해.

인질범 여   언니, 세라 언니 있잖아요.

인질범1, 2, 3, 당황한다.

지아   세라 언닌 왜? 혹시, 언니도 납치했어?

46

인질범 여　아뇨. 그게 아니라, 그거 사실이에요?

지아　뭐가?

인질범 여　동영상….

인질범1, 2, 3, 주목한다.

지아　(정색한다) 누가 그래? 네가 봤어?

인질범 여　아뇨, 본 건 아니고….

지아　세라 언니 그럴 사람 아니야.

인질범 여　그죠. 근데 그게 세라 언니만 아니라고 한다고, 세라 언니도 모르게 당할 수도 있는 거구….

인질범2　(혼잣말처럼) 솔직히, 연예인들 좀 그렇긴 하지.

지아　(인질범2를 노려보며) 네가 연예계를 알아?

인질범2　아니 뭐, 안다기보다는….

지아　너희들은 거기가 얼마나 더러운지 죽었다 깨나도 몰라. (흥분하며) 스타? 좋지. 좋은 상품이지. 비싸게 내놔도 잘 팔리면 그게 최고 스타다.

인질범 여　언니, 왜 흥분하고 그래요.

지아　왜, 왜, 함부로 생각해? 세라 언니가 아니라는데 왜 믿지 않고 너희들 맘대로 까대고 지랄이야!

인질범 여　언니, 잘못했어요.

지아　사람들 눈이 무섭대. 사람들 보고 노래하고 싶은데, 그 사람들이 시궁창 뒤적대는 쥐새끼처럼 징그럽게, 끔찍하게 그렇게 언니를 본대. 언니 나 신인 때, 아무 것도 모를 때, 와서 말 걸어주고, 나 아파서 혼자 낑낑 댈 때 죽도 사다 주고, 사장님한테 혼날 때도 항상 내 편 들어줬어. 그 변태 새끼가 느끼할 게 찝쩍댈 때도 언니가 다 막아줬어. 너희들이 언니에 대해 뭘 안다고 까대.

인질범 여   언니, 정말 잘못했어요. 다신 안 그럴게요. 용서해 주세요.

지아   (인질범2를 보며) 너도 사과해.

인질범3, 인질범2를 지아 쪽으로 밀친다.

인질범2   (헛기침을 하며) 거, 믿지 못한 건 아니고 하도 주위에서…. 암튼 쏘리.

지아   만일 세라 언니도 납치했으면, 언닌 풀어줘. 언니 몸값까지 내가 다 줄 테니까.

인질범 여   어쩜, 언닌 마음도 이뻐.

인질범2   (지아에게) 그러면 말이야….

지아   뭐 또?

인질범2   아까 내 말, 인터넷 전화 온 거, 믿지?

지아   그건 말이 안 되잖아. 상식적으로다.

인질범2   우와, 정말 미치겠네. 진짜 왔다니까.

지아   암튼, 세라 언니한테 무슨 일 생기면 나 정말 가만있지 않아.

인질범3   그건 우리도 그래요.

지아　　나도 나지만 단 오빠가 가만있지 않을 걸?

인질범 여　맞아. 단 오빤 이거 알고 있나?

지아　　뭐야, 너희들 단 오빠도 알아? 대체 니들 뭐야?

인질범 여　(인질범1에게) 이제 언니한테도 말해주자.

인질범2, 3, 인질범1을 쳐다본다.

인질범1　(비장하게) 우린 디엠지야.

지아　　디엠지? 휴전선에 있는 거? 너희들 간첩이니?

인질범3　댄스, 뮤직, 집파일. 춤과 음악을 압축한 프로그램. 멋있죠?

인질범2　이 시대에 걸맞는 그룹이지.

인질범 여　곧 데뷔도 해요.

지아　　풋, 푸하하하… (비웃는다) 니들이 십대도 아니고 푸하하하
　　　　개나소나 다 가수 한다고 푸하하하 디엠지 푸하하하하 댄
　　　　스 음악 집파일 푸하하하….

인질범 여, USB를 오디오 데크에 꽂고, 공연할 자세를 취한다.
인질범1, 2, 3, 인질범 여를 따라 함께 자세를 취한다. 음악 흐르
고 이들은 노래한다.
인질범1은 간주 동안 독무를 한다.

노래 3, 러브 크로키

인질범3   사람들 속에서 너를 보고야 말았지
운명은 이런 건가?
어지러워 간신히 서 있었지
어떻게 말을 할까?
무작정 쫓아갈까?
뭐가 재미있는지 너는 웃기만 하고
조금만 옆에 갈까?
거리를 좀 더 둘까?
무슨 얘길 하는지 나를 쳐다도 안 봐
용기를 내자 말을 걸어보자
너를 이대로 보낼 수는 없어
어떤 말이라도 너에게 해야 하는데
어지러워서 걸을 수가 없네
이대로 보내면 분명 후회할 텐데
이 순간을 멈출 수 있다면

인질범2   (랩) 수다 떠는 교복 셋 신문 보는 양복 하나
음악 듣는 청바지 하의실종 뒤로 내가 섰어.
레깅스에 시스루 킬힐에 빨간 치마
엄마 손을 잡은 어린 멜빵 군복 넷
벙거지 모자와 슬리퍼가 지나가고
어디선가 달려온 수능특강과 탑승.
임산부와 졸고 있는 아줌마를 지나
안경 너머 체크 무늬가 웃고 있었지.

숨이 막혔어. 심장이 뛰었어.

어지러워 걸을 수가 없었어.

그게 바로 너였어.

인질범 여   사람들 속에서 너를 보고야 말았지

운명은 이런 건가?

나를 보고 한눈에 반했나봐

어서 와 말을 걸어

무작정 말을 걸어

내게 반한 모습이 귀여워 웃음만 나와

조금만 옆으로 와

거리가 너무 멀어

무슨 생각하는지 이제 나와 같이해

용기를 내봐 말을 걸어봐

나를 이대로 보낼 버릴 거야?

어떤 말이라도 나는 들을 수 있는데

내게 반했잖아 사실 나도 그래

이대로 보내면 분명 후회할 텐데

이 순간을 멈출 수 있다면

지아, 노래를 들을수록 감탄한다.

지아   어머, 짱이다.

조명 서서히 어두워진다.

7. 음모

평창동, 김 회장의 밀실.

한쪽에 드리워진 천으로 '세라 동영상'의 실루엣이 보인다.
김 회장, 간교하게 웃으며 동영상을 본다.
세라, 옆에서 눈을 감은 채 억지로 참아내고 있다

세라   됐어요. 그만해요.

김회장   어차피 마지막인데 마저 보자고.

세라   됐다니까요!

김회장   (동영상을 멈추고 USB를 제거하며) 이거 아쉽군. (USB를 세라에게
건넨다)

세라   이거 말곤 없는 거죠?

김회장   난 거래는 칼이야. 인터넷, 그거 없애려고 꽤 많이 나갔어.
너도 알잖아.

세라   (USB를 챙기며) 이제 지아 데리고 오겠어요.

김회장   아직 아니지. 나는 시작인데.

세라   시작이라뇨?

김회장   너 솔로 앨범, 그리고 (USB를 가리키며) 그거. 이게 얼만 줄

알아? 내가 자선사업가도 아니고 달랑 지아 하나 숨기는 걸로 퉁 치면, 너무 밑지는 플랜이지?

세라 약속하고 다르잖아요.

김회장 약속? 거래지. 서로 원하는 걸 얻기 위한 거래. 넌 그렇게 하고 싶던 노래를 하고, 숨기고 싶었던 과거도 없애고, 후배들도 데뷔시키고, 다 얻었잖아. 그런데 난?

세라 뭘 어쩌려구요?

김회장 알고 싶어?

한쪽에 드리워져 있던 천이 걷어진다.

단, 박 사장, 경호원이 보인다.

단과 박 사장은 경호원에 맞아 몰골이 말이 아니며 손이 묶여 있다.

세라 뭐하는 거예요.

김회장 말했잖아. 이제 시작이라고. 네 노래와도 바꿀 수 있고 네 과거와도 바꿀 수 있는 거. 난 그게 필요하거든.

세라 경찰에 다 말하겠어요.

김회장 그럴 수 있을까? 지아를 납치한 건 너일 텐데?

세라 다 시켜서 한 거잖아요.

김회장 경찰이 그걸 믿겠냐고. 무슨 증거로? 동영상으로 내가 너를 협박했다? 그럼 동영상은 어디 있어? 너한테 있네. 그걸 세상에 보여준다고?

세라 두 사람, 이 일하고 상관없어요. 풀어줘요.

김회장	내 거래하고는 상관있지. 아주 깊게 말이야.
세라	단 오빤 아무 것도 모른단 말이에요.
김회장	저놈은 원래 계획에 없었어. 5년 동안 그렇게 변하지 않는 놈도 드물어. 썩 마음에 드는 놈이 아니었지만 그래도 박 사장 떨궈내면 잠시나마 그 자리 앉혀 놓으려고 했거든. 그런데 이놈이 동영상을 알고 있어. 게다가 네 일이라면 포기할 줄을 몰라서 말이야. 파일은 없앴지만 저놈이 걸리거든.
세라	오빠를 어쩌려구요?
김회장	(휴대전화로 통화 버튼을 누른다) 김 기자? 혹시 아시나? 가수 지아 납치됐는데… 그건 직접 알아보셔야지. (휴대전화 통화 중지 버튼을 누른다)
세라	(휴대전화를 꺼내 인질범1에게 전화를 하려고 한다)
김회장	(세라의 휴대폰을 빼앗으며) 이제 시작이라니까.
세라	이런 얘긴 없었잖아요.
김회장	(주머니에 종이를 꺼내 읽는다) 왜 내 말을 믿어주지 않는 걸까? 난 그저 노래를 하고 싶을 뿐인데. 나를 사랑했던 모든 분들, 미안해요. (종이를 건네며) 머리맡에 놔두고.
세라	(투자자가 준 종이를 한 손으로 움켜쥔다)
김회장	(단을 가리키며) 저놈을 생각해. 네가 죽지 않으면 쟤가 죽어.
세라	(종이를 움켜쥐었던 손의 힘이 서서히 풀린다)
김회장	이번 앨범은 유고 앨범이 될 거야. 그걸로 난 그동안 나간 거 어느 정도 회수되겠지?

세라　오빠는 풀어줘요.

김회장　걱정하지 마. 난 거래는 칼이야. (권총을 꺼내 놓으며) 비싼 거야. (자신의 관자놀이를 가리키며) 대신 고통 없게 갈 수 있지.

세라, 단을 한 번 쳐다보고는 퇴장한다.

김 회장, 경호원에게 신호를 주면, 경호원, 박사장과 단에게 폭력을 가한다.

박사장　찾아내겠습니다. 시간을 주십쇼.

김회장　박 사장, 날 그렇게 몰라요?

박사장　콘서트 때문이라고 기자들 입은 막아놨습니다. 인터넷이야 알바들이 작업할 거구요.

김회장　그래서요?

박사장　전직 형사가 있습니다. 사람 하난 기차게 찾습니다. 최대한 빨리 찾아내겠습니다.

김회장　그리고요?

박사장　방송 펑크는 피디들 불러 제가 처리하겠습니다.

김회장　내가 원하는 답이 아닌데.

박사장　투자하신 돈은 무슨 일이 있더라도 약속드린 수익금은 책임지겠습니다.

김회장　박사장, 나랑 일한 지 한 5년 됐죠?

박사장　네.

김회장 (경호원에게 서류를 건네받는다) 그간 정을 생각해서 사흘 드리지. (서류를 한 장 한 장 넘기며) 그 안에 지아 못 찾으면 여기 소속 가수들 판권하고 저작권 나한테 다 넘겨야 돼요. 이번에 제작한 세라 솔로 앨범까지. 그럴 수 있죠?

박사장 그건….

김회장 (서류를 경호원에게 건네준다)

경호원 (서류 사인란을 펼쳐 박 사장의 지장을 억지로 찍는다. 그리고 김 회장에게 건네준다)

김회장 (건네받은 서류를 확인하며) 박 사장, 잘 생각했어요. 어디 병신 되는 거보다는 이게 낫지.

경호원 (박 사장을 묶은 줄을 풀어준다)

단 내가 다 봤어. 경찰에 전부 말할 거야.

김회장 그건 걱정 말아요. 안 그래도 경찰엔 내가 신고할 거니까.

박사장 회장님, 경찰이 알게 되면 정말 끝입니다.

김회장 그것도 걱정 말아요. 아직 난 그런 거 신고할 생각이 없거든. (계약서 보이며) 사흘 후에나 생각하려고.

단 가만 두지 않겠어.

김회장 파트너에게 너무 매정하군. 난 자네가 사흘 뒤부터 이 회사를 맡아줬으면 하는데. 여기 있는 박 사장 대신.

단 (박 사장과 김 회장을 번갈아 쳐다본다)

김회장 자네가 이 회사를 맡으면 음악에 대한 사랑, 그거 마음대로 할 수 있을 텐데.

단 내가 목사님 한 분을 알아.

김회장	아멘.
단	그 목사님하고 축구를 하지.
김회장	축구 쪽은 이제 어려워. 승부 조작 그거 몇 푼 남지도 않고.
단	목사님은 경기가 안 풀릴 때면 욕도 하지.
김회장	그래? 목사가 욕도 해?
단	이 변태새끼야! 이렇게.
경호원	(피식 웃는다)
김회장	(표정 일그러지다가 억지로 웃으며) 동영상은 찾았나요?
단	있지도 않은 동영상 가지고 세라 그만 괴롭혀.
김회장	정말 없을까요? 동영상 주인공이 세라와 나였는데.
단	뭐?
김회장	세라, 쓸 만하죠?

단, 김 회장에게 덤벼들려고 몸부림치지만 경호원이 가볍게 제압한다.

김회장	음악? 사랑? 그거 다 내 돈이야. 음악 때문에 죽을 수 있어? 사랑 때문에 죽을 수 있어? 내 돈은 널 죽일 수 있어.

경호원, 단을 무차별하게 폭행한다.

박사장	단아.
김회장	(서류철을 흔들며) 박 사장은 이게 급할 텐데.

박사장　단아, 미안하다. (퇴장한다)

김회장　이놈 뭔가 있어. 세라 죽기 전에 알아내.

김회장, 퇴장하고 경호원, 단을 폭행한다.

8. 쏠림

엔터테인먼트 사무실.

탐정, 뒷목을 잡고 등장한다.

탐정　으, 머리야. (주위를 둘러보곤) 다들 어디 간 거야?

박 사장, 휘청거리며 등장한다.

탐정　꼴이 왜 그래?

박사장　찾아야 돼.

탐정　찾았어. 대학로에 있어.

박사장　동영상 찾아야 돼.

탐정　무슨 소리야?

박사장　그거밖에 없어. 그게 나도 살리고, 단이도 살리고, 회사도
　　　　　살려.

탐정	알아듣게 얘기해 봐.
박사장	선단동에 땅 있는 거 알지? 그거 줄게. 동영상 찾아야 돼.
탐정	오케이.

직원들 몰려든다.

각자 가진 노트북, 휴대전화 등을 이용해 분주히 움직인다.

기자들 몰려온다.

일방적인 기자들의 질문, 마구 쏟아진다.

이어 경찰들 몰려온다.

경찰들의 수사 질문, 마구 쏟아진다.

직원들, 기자들, 경찰들, 서로 뒤엉켜 아수라장이 된다.

이들은 한쪽으로 몰려갔다가 한쪽으로 몰려가는 형상을 보여준다.

박 사장과 탐정, 이 틈에서 겨우 빠져나간다.

9. 탈출

단, 한쪽에 손이 묶인 채 쓰러져 있다.

경호원, 핸드폰으로 동영상을 보고 있다.

동영상에서 신음소리가 들린다.

단, 정신이 들고 경호원이 핸드폰에 빠져있는 것을 확인하고는 몰래 손에 묶인 줄을 풀려고 한다.

휴대전화 벨이 울린다.

경호원 (번호를 확인하고는) 이 변태, 한참 올랐는데. (동영상을 끄고, 휴대폰 통화 버튼을 누른다) 네. 별거 없는 것 같습니다. 네 알겠습니다. (통화 중지 버튼을 누른다)

단 (경호원을 노려본다)

경호원 (단을 보고는) 깜짝이야. 미안해. 나도 먹고 살려면 어쩔 수 없잖아. 이해해줘.

단 그 정도 실력이면 제대로 된 사람 경호할 수 있을 텐데.

경호원 돈이 웬수지. 제대로 된 사람들은 돈이 없거든. 이 양반은 짭짤해. 변태 기질이 있어 가끔 뭐… 그렇긴 한데 그런대로 참을 만해.

단 너도 만만치 않던데.

경호원 난 지극히 정상이야.

단 너지?

경호원 뭐가?

단 동영상.

경호원 미친놈.

단 너 말고는 없어.

경호원 내가 너무 때렸지?

단 변태하고 가장 가까운 놈. 변태하고 늘 붙어 다니는 놈. 아무리 생각해도 너밖에 없어.

경호원 더 맞으면 너 진짜 죽어.

단	변태는 알고 있어? 네가 한 거?
경호원	이게 정말.
단	변태가 그랬지. 거짓도 진실로 바꾸는 세상이라고. 네가 진짜 아니더라도 변태가 그걸 믿을까?
경호원	(비웃으며) 이봐, 너야 말로 제대로 알아야 돼? 네가 만일 살 수 있다면 그건 변태가 네 목숨 대신 다른 걸 얻기 때문이야. 그게 뭘까? 네 목숨하고 바꿀 수 있는 게 과연 뭘까?
단	세라, 지금 어디 있어?
경호원	이제야 정신이 드나보네.
단	(표정이 굳는다) 내가 아는 목사님이 있어.
경호원	난 무교야.
단	같이 축구를 하지.
경호원	축군 나도 좋아해.
단	가끔 경기가 안 풀리면 욕도 하시거든.
경호원	(단에게 다가가서 약 올리듯) 이 변태새끼야, 이렇게? 목사도 사람인데 욕할 수 있…
단	(경호원의 사타구니를 걷어찬다)
경호원	(사타구니를 붙잡고 바닥을 뒹군다)
단	(경호원의 핸드폰을 들고 퇴장한다)
경호원	(괴로워한다)

10. 사랑

세라의 원룸.

세라가 만든 노래가 흐르고 있다. 집에서 컴퓨터를 이용해 녹음한 것이어서 일상의 소음처럼 노래가 들린다.

노래 4, 파란 눈을 가진 거위

세라 떠나려고만 했죠
내가 가진 날개로
그것만이 할 수 있는 거였죠
그대 눈이 파래서
눈물도 파래서
내 갈색 눈이
그대를 어둡게 만들어요.

당신은 항상 날 보죠
시리도록 파랗게
벅차도록 파랗게
어두운 내 마음
시려와요
벅차와요

하얗게 변한 호수에
그대 눈이 비쳐요
갈색이던 내 눈도
파랗게 빛이 나요

파란 눈을 가진 그대
사랑해요.

원룸은 단정히 정리되어 있다.
한쪽에 불이 지펴진 그릇이 놓여있다.
옆으로 김 회장이 건넨 종이와 권총이 놓여있다.
세라, 김 회장에게 받은 USB를 그릇에 넣어 불태운다.
공연 중에 찍은 사진들을 한 장씩 불에 태운다.
단과 찍은 사진을 보며 흐느낀다.
마음을 추스르고 단과 찍은 사진도 불에 태운다.
초인종 소리 들린다.
세라, 개의치 않는다.
문을 둔탁하게 쳐대는 소리가 들린다.

소리　　경찰입니다. 김세영 씨 안에 있는 거 다 압니다. 문 열어요.

세라, 사진을 다 태우고는 결심했는지 권총을 집어든다.
경찰들 진입한다.

경찰들, 세라의 권총을 보고 자신들의 권총을 꺼내 세라를 겨눈다.

경찰1　　총 내려놔.

세라　　　(손에 있는 총을 바라본다)

경찰1　　총 내려놔, 어서!

세라　　　(자신의 관자놀이로 서서히 총구를 갖다댄다)

경찰1　　당장 총 내려!

경찰들을 밀치고 뛰어 들어오는 단.
경찰의 제지로 바닥에 짓눌려진다.

단　　　　안 돼. 하지 마.

세라　　　….

단　　　　살아야지. 살고 봐야지.

세라　　　어떻게… 살아….

단　　　　방법이 있을 거야. 내가 할게. 찾을 수 있어.

세라　　　미안해…. (방아쇠를 당기려고 한다)

단　　　　(울부짖으며 소리친다) 무엇보다… 열심히 사랑할지니… 사랑
　　　　　은… 허다한 죄를 덮느니라….

세라　　　오빠… (흐느낀다) 나 어떡해….

단　　　　괜찮아, 다 괜찮아.

세라, 서서히 총을 내린다.

경찰 한 명, 세라의 총을 건네받고 수갑을 채운다.

단, 세라에게 다가가려는데 경찰이 제지한다.

다른 경찰들 무대를 정리한다.

11. 오해

연습실.

인질범1, 2, 3, 여, 모두 땀범벅이고, 숨이 차다.

지아 역시 땀을 흘리고 숨이 차지만 생기가 돈다.

지아　　자자, 일어나. 한 번 더.

인질범2　　벌써 몇 번쨴 줄 알아?

인질범3　　쟤 정말 방송이랑 딴판이야.

인질범 여　　그래요 언니. 좀 쉬어요.

지아　　이래가지고 데뷔를 할 수 있을 것 같아? 가수 우습게 보지
　　　　마라.

인질범2　　야, 너 인질이야.

지아　　꼬봉, 니가 제일 못해.

인질범2　　저게 말끝마다 꼬봉이래.

인질범 여　　언니, 나 정말 힘들어요.

지아　　애, 넌 나이도 제일 어린 게 체력이 왜 그러니?

인질범2 나이 많아 좋겠다.

지아 자자, 이럴 시간 없어. 빨리 일어나.

인질범1 (컴퓨터 모니터를 보며) 이거 뭐야?

인질범3 왜?

인질범1 지아 납치됐다는데?

지아 납치된 거 맞잖아. 잔머리 굴리지 말고, 빨리 하자.

인질범1 진짜로 납치됐대.

지아 알아, 알아. 그럼 내가 납치됐지, 납치를 했겠니. 너희들이 더 잘 알잖아. (인질범1이 보고 있던 컴퓨터 전원을 꺼버리고, 인질범1을 끌고 간다) 좋은 말 할 때 하자. 응?

지아, 음악을 튼다.

인질범2, 3, 여, 꾸물거린다.

지아, 인질범2의 등짝을 후려친다.

인질범2, 아파하며 일어난다.

지아, 인질범3, 여를 째려본다.

인질범3, 여, 재빠르게 일어나 자리를 잡는다.

지아, 음악 볼륨 올린다.

지아 (박수로 박자를 맞추며) 자 신나게.

지아, 인질범1, 2, 3, 여, 음악에 맞춰 노래 3, 러브 크로키를 부른다.

이들 뒤로 한 무리의 특공대가 자리를 잡는다. 저격수는 위치를 잡고, 주변을 경계한다.

특공대 대장이 확성기에 대고 무엇이라 말하는데 음악 소리에 들리지 않는다. 소리치는 시늉을 과장되게 하던 대장, 지쳤는지 진입하라는 신호를 보낸다.

신호를 받은 특공대들 하나, 둘, 셋 신호에 일제히 연습실로 진입한다. 줄을 타고 내려오는 특공대도 있다. 특공대들의 진입은 군무처럼 보인다. 연습실에 모두 진입한 특공대 저격 자세를 잡는다.

인질범1, 2, 3, 여, 노래와 춤을 멈추고는 특공대를 멍하니 바라본다.

특공대 한 명, 음악 소리를 끈다.

대장　　지아 씨 이제 안심하십쇼. 저희가 왔습니다.

지아　　얘들도 니들 친구니? 디엠지는 대체 몇 명이야?

대장　　체포해!

특공대, 인질범1, 2, 3, 여, 지아까지 끌고 퇴장한다.

특공대 한 명이 대장 쪽으로 보드판을 들고 나와 세운다.

대장　　(보드판을 가리키며) 사건 경과보고 하겠습니다. 십칠일에 발생한 가수 지아 납치 사건은 일부 기자와 네티즌의 루머에 의해 조작된 것이었음이 밝혀졌습니다. 이에 저희 경찰은 지아 납치 사건 루머에 관련된 기자와 네티즌을 조사하여 모든 관련 자료를 오늘 검찰에 넘겼습니다.

무대 뒤편으로 김 회장과 경호원, 포승줄에 묶여서 지나간다.

대장   또한 가수 지아의 소속사인 DB엔터테인먼트의 요청으로
그동안 세간의 주목이 되었던 '세라 동영상'의 실체여부를
조사했고, 그 결과 모두 허위였음을 밝혀냈습니다. 이 사
건은 DB엔터테인먼트의 최대 투자자인 김모 씨가 회사
측으로부터 더 많은 수익을 뜯어내려고 목적으로 '세라
동영상'이 있다고 속여, 회사로부터 소속가수들의 판권과
저작권을 강제로 인수하려는 의도에서였습니다. 하지만
조사 결과 김 씨는 일부 연예인과 이른바 '스폰' 관계를 맺
고 자신이 사는 청담동 밀실로 불러 성적 노리개로 삼았
으며, 이를 카메라로 촬영해 이후에도 이 영상을 이용해
연예인들을 협박하였습니다. 이 영상은 김 씨를 경호하던
한모 씨가 보관하고 있었으며, 이를 소속사 직원이 발견
해 경찰에 제보를 하면서 수사에 결정적인 단서가 되었습
니다.

대장이 얘기하는 사이 특공대 대원들, 소품을 옮기며 무대를 세라
의 원룸으로 전환한다.
1장에서 2장으로 전환될 때처럼 사람들의 대화와 분주히 움직이
는 소리가 자연스럽게 들리면서 '띵띵'하며 피아노 건반이 불규칙

하게 눌리는 소리가 들린다.

12. 시작

세라의 원룸.

2장에서 들렸던 불규칙한 피아노 소리가 들린다.
한쪽에 키보드가 놓여 있고, 단, 키보드를 치고 있다.
동요 〈달〉의 음계인데, 단은 피아노를 처음 치는지 그 소리가 무척 느리고, 서툴고, 단조롭다.

단   (피아노 음계 소리) 미… 라… 도도… 라… 시(플랫)… 라…
         솔… 파… 솔솔… (음을 찾지 못한다. 처음부터 다시 치기 시작한
         다) 미… 라… 도도… 라… 시(플랫)… 라… 솔… 파… 솔
         솔… (또 음을 찾지 못한다. 처음부터 다시 치기 시작한다) 미…
         라… 도도… 라… 시(플랫)… 라… 솔… 파… 솔솔….

세라 등장한다.
양손에는 무언가가 가득 담겨 있는 쇼핑백이 들려있다.

세라   (쇼핑백을 내려놓으며) 도! 도! 가장 낮은 도!
단   (음계 소리, 처음에 들리던 소리보다 조심스럽다) 미… 라… 도

　　　　　　　도… 라… 시 (플랫)… 라… 솔… 파… 솔솔….

세라　　(단에게로 다가가며) 도.

단　　　(피아노 음계 소리) 레.

세라　　이런… (키보드 '도' 음을 치며) 도, 도, 도. (음을 치며) 달 달 무
　　　　　　슨 달 쟁반같이 둥근 달. 둥근 달. ('도' 음을 치며) 달, 달, 달,
　　　　　　(알겠냐는 듯) 응?

단　　　(피아노 음계 소리) 미… 라… 도도… 라… 시(플랫)… 라…
　　　　　　솔… 파… 솔솔….

세라　　(나지막하게) 도, 도.

단　　　(피아노 음계 소리) 레.

세라　　가수 매니저란 사람이… 다시 해 봐. (음을 치며) 달 달 무슨
　　　　　　달 쟁반같이 둥근 달, 둥근 달. 알았지?

단　　　(피아노 음계 소리) 미… 라… 도도… 라… 시(플랫)… 라…
　　　　　　솔… 파… 솔솔….

세라　　(두 손 모아 기도하듯) 도, 도.

단　　　(피아노 음계 소리) 도. (세라의 눈치를 살핀다)

세라　　잘했어.

단　　　(환호성을 지르며 기뻐한다)

세라　　(단을 쳐다본다)

단　　　(헛기침을 하며 멋쩍어한다) 내가 목사님 한 분을 알아.

세라　　됐고, 이리 와서 이거 좀 신어봐.

단　　　그게 뭔데?

세라　　(쇼핑백에서 축구용품들을 꺼내며) 축구 다시 시작해. 나 때문에

그동안 못 했잖아.

단　　그래도 돼?

세라　이 나쁜놈, 그래도 한번쯤은 괜찮다고 해야지.

단　　하지 말라면 안 할게.

세라　아냐, 다시 시작해.

단　　진짜지?

세라　그래. 그리고 우리도 다시 시작해.

단　　우리야 항상 변함없지.

세라　고마워.

세라, 단에게 키스한다.

– 막 –

한국 희곡 명작선 140

시그널 블루

초판 1쇄 인쇄일   2023년 11월 20일
초판 1쇄 발행일   2023년 11월 29일

지은이   이종락
만든이   이정옥
만든곳   평민사
         서울시 은평구 수색로 340 〈202호〉
         전화 : 02) 375-8571 / 팩스 : 02) 375-8573
         http://blog.naver.com/pyung1976
         이메일   pyung1976@naver.com
등록번호   25100-2015-000102호
ISBN   978-89-7115-105-1   04800
          978-89-7115-663-6   (set)
정   가   8,000원

이 책은 사단법인 한국극작가협회가 한국문화예술위원회의 2023년 제6회 극작엑스포
지원금을 받아 출간하였습니다.

한국 희곡 명작선